Pour tous les enfants des rues

Loi n° 49.956 du 16 juillet 1949 sur les publications destinées à la jeunesse : février 1999
Dépôt légal : février 1999
Imprimé en France par Aubin Imprimeur à Poitiers-Ligugé

DOMINIQUE MWANKUMI

PRINCE DE LA RUE

ARCHIMÈDE
l'école des loisirs
11, rue de Sèvres, Paris 6e

Shégué est un prince
de la rue.
Abandonné par ses
parents depuis
son plus jeune âge,
il passe ses nuits
dans un carton
avec les jouets
qu'il fabrique.
Il n'est pas le seul.
D'autres enfants,
comme son ami
Lokombe, vivent
dans les mêmes
conditions.

Très tôt le matin,
Lokombe le réveille.
«Eh ! Shégué!
Il est temps d'aller
à la décharge,
sinon nous ne
trouverons plus
rien.»

En chemin,
les deux amis
entendent les rires
de certains adultes
qui se moquent
d'eux.

«Attention, Lokombe !
Ne va pas te faire mal
avec ces bouteilles
brisées, ces vieilles
boîtes de conserve
et ces épaves de frigo
rouillées…
– Ne t'inquiète pas.
Je connais
mon travail.»

Plus loin, juché
sur une épave
de voiture, Shégué,
à l'aide d'une pince,
d'un marteau et d'un
petit burin, récupère
des morceaux de tôle
et de fil électrique.
Il sait ce dont il a
besoin pour fabriquer
des jouets.

Malgré la terrible
chaleur de midi,
les deux amis
réussissent
à emporter une bonne
quantité de ce qu'il
leur faut.
Voilà déjà quelques
minutes qu'ils
redressent
méthodiquement
les fils de fer
sur une pierre
bien plate.

«Tia molende
yo ko zua, tia
molende,
tia molende yo ko
zua*», chante Shégué
à tue-tête, tout en
fabriquant
successivement
un avion, une voiture
et une moto.

* «Persévère, tu auras gain de cause,
Persévère, tu auras gain de cause.»

«Ah ! si je pouvais faire
de vrais avions,
de vraies motos,
de vraies voitures…
rêve-t-il,
je serais très, très
riche ! »

Sitôt leur travail fini,
Shégué et Lokombe
courent au grand
marché vendre leurs
jouets.

C’est une longue
attente et ils ont
le ventre creux.
Enfin un client,
puis un autre : les
jouets
de Shégué sont tous
achetés.
Voilà de l’argent
bien mérité
qui servira à s’acheter
de quoi manger.
Mais, à quelques pas
de là, des voyous
surveillent les ventes…

Trois ombres
s'approchent
de Shégué.
«Aujourd'hui c'est fini
pour toi!» dit une
voix.

Les agresseurs veulent
lui prendre son argent.
Heureusement Shégué
réussit à leur échapper.
Il court, il court
à perdre haleine.
Que d'émotions !

Épuisé, le ventre vide,
Shégué retourne
se coucher
dans sa caisse en
carton.
Les nuits sont dures,
pour un prince
de la rue !

Le lendemain matin,
mal remis
de ses frayeurs,
il voit son ami
Lokombe qui vient
le chercher pour
retourner au travail.

En route, les deux amis mangent sur le pouce quelques beignets.

Ce jour-là, Shégué construit un superbe instrument de musique.

Il en tire même
quelques mélodies
qui lui valent bientôt
un cercle
d'admirateurs.
« Quel talent, Shégué !
Il est superbe
cet instrument.
Tu en joues vraiment
bien !
Si tu chantes pour moi,
je te paierai. »
L'enfant obtient
un grand succès.
En un rien de temps,
ses poches
se remplissent.

Après le spectacle,
fortune faite, Shégué
part s'acheter des habits
neufs, car c'est la
coutume pour les
enfants riches
de ce grand pays.

Désormais, le petit
Shégué ne sera
peut-être plus
seulement un prince
de la rue.
Pour lui, une nouvelle
vie va sûrement
commencer.

Postface

L'histoire de Shégué et de son ami Lokombe se passe à Kinshasa, dans le quartier «Citas», situé près du grand marché. La capitale congolaise, malgré son faste pittoresque et ses buildings, demeure pour beaucoup un mirage. La mégalopole d'une dizaine de millions d'habitants est livrée à la débrouillardise de l'économie informelle.

Une partie de la population cultive ses potagers, fait le commerce de la friperie, invente de nouveaux métiers et de nouveaux services. Beaucoup d'enfants n'échappent pas à cette règle : ils cirent les chaussures des passants, vendent comme les marchands ambulants des cigarettes, des arachides, de l'eau... avec un humour sympathique.